그림으로 떠나는
무진기행

소설가 김승옥의
첫 번째 화집

arte

작가의 말 # 그림보다 마음으로

그림을 그리는 것은 글을 쓰는 일보다 훨씬 전부터 해왔던 일입니다. 소설 쓰는 것이 직업이었지만 그림 또한 언제나 제 주변을 맴돌았습니다. 제게 있어서 글쓰기와 그림 그리기는 전혀 별개의 일이 아니었습니다.

제 소설을 사랑하는 많은 사람들이 오랫동안 저의 건강을 염려해주시고, 소설을 통한 저와의 만남이 이루어지지 못하고 있음을 안타깝게 생각하고 있다는 것을 잘 알고 있습니다. 다행히 '글쓰기'와 '말하기'를 잠시 거두어 가신 하느님께서 감사하게도 그림 그리는 일은 허락하셨기에 아쉬운 대로 그림을 통해 그분들과의 만남을 시도해보고자 합니다. 제 오랜 소망이 몇 몇 분의 노고에 빚진 형태로 이루어져, 굳이 미술 전문가들의 엄격한 비평을 의식하지 아니하고 미숙한 대로 감히 전시회를 갖겠다고 결정한 배후에는 그렇듯 속 깊은 의미가 담겨 있었습니다. 작년 여름의 전시회가 성황리에 끝나고, 아울러 제 그림을 책으로도 엮어 펴낼 수 있게 됐습니다.

이 책을 통해 저와의 교감을 느껴주시면 더할 나위 없이 감사하겠습니다. 제 기쁨을 독자와 선후배, 동료들께 표현하면서, 특히 오랜 벗인 카피라이터 이만재 선생과 북이십일 김영곤 사장께 큰 고마움을 전합니다. 고맙습니다.

2017년 2월

김승옥

2부 산문시대

3부 그리운 사람들

1부

제주에서 만주까지

김춘수 생가

경남 통영　　김춘수

시인 김춘수는 1922년 11월 25일 경남 통영시 동호동에서 태어났다. 1939년 경기공립중학교를 자퇴하고 일본으로 건너가 1940년 니혼대학교 예술과에 입학했다. 하지만 1942년 일본 천황과 총독을 비판하다가 경찰에 붙잡혀 퇴학 조치를 당한 그는 한국으로 송치되었다. 이후 통영중학교와 마산중학교 교사를 거쳐 경북대학교 교수, 영남대학교 문리대학장을 지냈다. 통영 출신의 유치환, 윤이상, 김상옥, 전혁림 등과 '통영문화협회'를 만들었다.

김춘수는 1948년 시집 『구름과 장미』로 등단 후, 17권의 시집과 다수의 시론집을 남겼다. 1981년 국회의원 및 대한민국예술원 회원, 1986년 한국시인협회 회장을 역임했고, 2004년 11월 29일 타계했다.

꽃

내가 그의 이름을 불러 주기 전에는
그는 다만
하나의 몸짓에 지나지 않았다.

내가 그의 이름을 불러 주었을 때
그는 나에게로 와서
꽃이 되었다.

내가 그의 이름을 불러준 것처럼
나의 이 빛깔과 향기에 알맞는
누가 나의 이름을 불러다오.
그에게로 가서 나도
그의 꽃이 되고 싶다.

우리들은 모두
무엇이 되고 싶다.
너는 나에게 나는 너에게
잊혀지지 않는 하나의 눈짓이 되고 싶다.

김춘수 동상

황금찬

후백侯伯 황금찬 시인은 1918년 8월 10일 태어났다.

시인은 그가 태어난 강원도 속초시 논산동을 잊지 못했다. 언제나 '큰길에서 어머님이 우시고' 계셨기 때문이다. 가난을 안고 사는 어머니의 그리움이 시인의 마음을 아프게 했고, 그는 이 아픔을 시로 달랬다. 시인의 시 작품 속에는 언제나 사랑이 넘쳐나고 인정이 가득 차 있다.

시인은 젊은이도 암송하기 어려운 정지용 시인의 「향수」는 물론 서정주 시인의 「동천」, 박목월 시인의 「청노루」 등의 시 작품을 멋지게 암송하곤 했다. 그 열정과 크게 울려 나오는 시인의 목소리에서 청년 황금찬을 만나게 된다.

촛불

촛불!
심지에 불을 붙이면
그때부터 종말을 향해
출발하는 것이다

어두움을 밀어내는
그 연약한 저항
누구의 정신을 배운
조용한 희생일까.

존재할 때
이미 마련되어 있는
시간의 극한을
모르고 있어
운명이다.

한정된 시간은
불태워 가도
슬퍼하지 않고
순간을 꽃으로 향유하며
춤추는 촛불.

황금찬 / 현대시

호. 누백
(1918. 8. 10 강원도 속초 출생
1953 「문예」지에 추천 「현대문학」으로 등단
수상: 월탄문학상. 한국 기독교문학상,
대한민국 문화보관 훈장 외 다수
시집 멸분, 외 다수

황금찬 시비

전봉건 초상화

평남 안주 　**전봉건**

시인 전봉건(1928~1988년)은 평안남도 안주의 공무원이었던 전형순의 일곱째 아들로 태어났다. 시인 전봉래의 아우이며 음악가 전봉초의 사촌 아우이다.

1945년 평양 숭인중학교를 졸업한 후 월남했다. 시골학교 교사로 있으면서 시를 쓰기 시작, 이어《예술시보》,《신세계》,《문학춘추》 등의 편집과《현대시학》의 주간을 역임했다. 또한 한국전쟁에 참전하여 부상을 입기도 했다. 한국자유문학자협회 상임위원, 전국문화단체총연합회, 한국시인협회 간사 등을 역임했다. 1961년 한국시인협회상을 받았다.

1950년에 시「원顯」,「사월」,「축도」 등을《문예》에 발표하며 문단에 나왔다. 그 후「0157584」,「사랑을 위한 되풀이」,「암흑을 지탱하는」 등의 시를 발표하며 문단의 주목을 받았다.

시인은 순수 이미지를 추구하는 실험을 거쳐 시에 의미를 부여하는 것과 기교를 중요하게 다루었다. 시집으로『사랑을 위한 되풀이』, 장시집인『춘향연가』, 시선집인『전봉건 시선』 등을 비롯, 수필집인『플루트와 갈매기』,『뱃길 끊긴 나루에서』 등을 썼다.

서정抒情

비가 내리고 있었다.
나무에 걸린 바람이 비에 젖어
갈기갈기 찢기고 있었다.

내 팔에 매달린 너.
비는 밤이 오는
그 골목에도 내리고

비에 젖어 부푸는 어둠 속에서
네 젖은 두 손이 내 젖은 얼굴을 감싸고
그리고 물었다.

말 한마디를

가장 낮은 목소리로
가장 뜨거운 목소리로.

비에 젖은 어둠은 자꾸 불어나고 있었다.

전봉건 시비

유치환 생가

경남 통영 # 유치환

청마靑馬 유치환은 1908년 7월 14일 경남 통영시 태평동에서 8남매 중 차남으로 태어났다. 1922년 통영보통학교 4학년을 마치고 일본으로 건너가 도요야마 중학교 입학했고 《토성》지에 고향 문우들과 시를 발표했다. 1927년 도요야마 중학교 4학년을 마치고 귀국하여 동래고등보통학교 5학년에 편입하고 1928년 연희전문학교 문과에 입학했으나 중퇴했다.

1929~1939년까지 고향에서 《소제부》를 발간하고 「5월의 마음」 외 25편의 시를 발표했다. 1931년 《문예 월간》에 시 「정적」을 발표하고 1936년 《조선문단》에 「깃발」로 문단에 데뷔했다. 통영협성상업고등학교 교사, 경남 안의중학교, 경주고등학교, 경주여자중고등학교, 부산남녀상업고등학교 교장 역임. 대한민국예술원 회원, 서울특별시 문화상, 아세아재단 자유문학상 등을 수상했다. 시집으로 『생명의 서』, 『권고』, 『울릉도』, 『청마시초』, 『철령일기』, 『심산』, 『호원』 등이 있으며, 수필집으로는 『동방의 느티』, 『나는 고독하지 않다』 등이 있다.

깃발

이것은 소리 없는 아우성
저 푸른 해원海原을 향하여 흔드는
영원한 노스탈쟈의 손수건
순정은 물결같이 바람에 나부끼고
오로지 맑고 곧은 이념의 푯대 끝에
애수는 백로처럼 날개를 펴다
아아 누구던가
이렇게 슬프고도 애달픈 마음을
맨 처음 공중에 달 줄을 안 그는

유치환 시비

김현승 시비

김현승

김현승金顯承(1913~1975년)은 대한민국의 시인이다. 호는 다형茶兄이다. 목사인 아버지 김창국과 어머니 양응도 사이에서 태어났다. 제주도와 광주에서 어린 시절을 보냈으며 1926년 전남 광주의 숭실학교 초등과를 마치고 평양 숭실중학교를 졸업한 뒤 1932년 숭실전문학교 문과에 입학했다. 중학교 교사로 재직 당시 신사참배를 거부하여 투옥되기도 했다.

1934년 장시 「쓸쓸한 겨울 저녁이 올 때 당신들은」, 「어린 새벽은 우리를 찾아온다」가 양주동의 추천으로 《동아일보》에 발표되어 문단에 나왔다. 1960년대에는 기독교적인 구원의식을 바탕으로 하여 감각적 언어망을 통한 참신한 서정으로 생의 예지를 추구한 시를 썼다. 조선대학교 교수와 한국문인협회 부이사장을 역임했으며 서울특별시문화상을 수상했다. 1975년 숭실대학교 채플 시간에 기도하던 중 고혈압으로 쓰러져 별세했다.

1957년 『김현승시초』를 시작으로 『옹호자의 노래』(1963), 『견고한 고독』(1968), 『절대 고독』(1970), 『마지막 지상에서』(1975) 등의 시집과 『한국현대시해설』(1972), 『세계문예사조사』(1974) 등의 문학이론서가 발간되었다.

가을의 기도

가을에는
기도하게 하소서.
낙엽들이 지는 때를 기다려 내게 주신
겸허한 모국어로 나를 채우소서.

가을에는
사랑하게 하소서.
오직 한 사람을 택하게 하소서.
가장 아름다운 열매를 위하여 이 비옥한
시간을 가꾸게 하소서.

가을에는
호올로 있게 하소서.
나의 영혼.
굽이치는 바다와 백합의 골짜기를 지나.
마른 나뭇가지 위에 다다른 까마귀같이.

김현승 비석

서정주 생가

전북 고창　서정주

미당 서정주는 1915년 5월 18일 전라북도 고창구 선운면 선운리에서 태어났다. 한문학을 배운 후, 줄포공립보통학교를 거쳐 서울 중앙고등보통학교에 입학, 광주학생운동 기념 시위를 주도하지만 퇴학당하고 고창고등보통학교에 편입했다.

1936년 《동아일보》 신춘문예에 시 「벽」이 당선되면서부터 문단에 이름을 알리기 시작했다. 시인 김광균, 김달진, 오장환 등과 함께 시 동인지 《시인부락》을 발간했다. 1943년 《국민문학》은 문인들을 동원하여 황국신민화와 침략 전쟁을 찬양하는 글을 쓰게 했다. 이러한 역사에 대한 잘못된 인식이 평생의 오점으로 남았다. 해방 이후 젊은 제자들을 문단으로 이끌며 엮어낸 시인 공화국의 대통령. 그는 2000년 12월 24일 노환과 폐렴으로 세상을 떠났다.

국화 옆에서

한 송이 국화꽃을 피우기 위해
봄부터 소쩍새는
그렇게 울었나 보다

한 송이의 국화꽃을 피우기 위해
천둥은 먹구름 속에서
또 그렇게 울었나 보다

그립고 아쉬움에 가슴 조이던
머언 먼 젊음의 뒤안길에서
인제는 돌아와 거울 앞에 선
내 누님같이 생긴 꽃이여

노오란 네 꽃잎이 피려고
간밤엔 무서리가 저리 내리고
내게는 잠도 오지 않았다 보다

미당시문학관

박목월 생가

경북 경주　　# 박목월

목월木月 박영종朴泳鍾은 1916년 1월 6일, 경북 경주군 서면 모량리에서 태어났다. 경주군 건천보통학교 졸업 후 대구 계성학교 재학 당시 동요 시인으로 등단했다. 1935년 경주군 동부금융조합에 취직, 1939~1940년 정지용의 추천으로《문장》지를 통해 등단했다.

조지훈, 박두진, 박목월과 함께 3인 시집 『청록집』을 발간했다. 대구 계성학교 교사, 서울 이화여고 교사와 서울대 음대 강사, 서라벌예대와 홍익대 강사, 한양대 교수 등을 역임했다. 1950년 《시문학》을 편집 · 발행하고, 1973년 《심상》을 창간하였다. 대한민국문학상, 서울시문화상, 국민훈장 모란장 등을 수상했다.

1955년 첫 개인시집 『산도화』를 시작으로, 『란 · 기타』, 『박목월 시선』 등 많은 저서를 남겼다. 1978년 3월 24일, 아침 산책에서 돌아와 조용히 영면에 들었다. 현재 용인 모란공원 묘원에 안장되어 있다.

나그네

강나루 건너서
밀밭 길을

구름에 달 가듯이
가는 나그네

깊은 외줄기
남도 삼백리

술 익는 마을마다
타는 저녁 놀

구름에 달 가듯이
가는 나그네

박목월 묘

김영랑 생가

전남 강진　김영랑

한국 사문학의 거목인 김영랑(본명 김윤식)은 1903년 1월 16일에 태어났다. 휘문고보(경성)를 거처 일본의 청산학원 영문학부를 졸업했다. 순수서정을 운율감 있는 언어와 순수한 시어의 섬세한 조탁을 통해 우리말이 지난 아름다움을 극대화했다. 1950년 6·25 전쟁 중 47세의 짧은 생을 마감했다.

전남 강진   정약용

다산 정약용(1762~1836년)은 1801년 신유박해 때 강진으로 유배
되어 18년간 머물렀다. 정약용은 이곳에서 생활하면서 많은 제
자들을 가르쳤으며 『목민심서』, 『경세유표』, 『흠흠신서』 등 500
여 권에 달하는 많은 책을 저술했다.

옛부터 이곳은 차나무가 많이 자생했다 하여 다산茶山이라고 불
렸는데, 이름도 모르는 사람이 이곳에 초당을 짓고 유배 생활을
하자 정씨 성을 가진 그를 정다산이라 불렀다. 이것이 계기가 되
어 정약용이 자신의 호를 다산이라 지었다.

박재삼 문학관

경남 사천 　**박재삼**

박재삼은 1933년 4월 10일 일본 도쿄에서 태어났다. 1936년, 가족 모두가 귀국하여 경남 삼천포시 서금동에 정착했으며 삼천포 일출초등학교를 졸업했다. 어려운 가정환경으로 중학교 진학을 포기하고 삼천포 여자중학교 사환으로 일하면서 초정 김상옥 선생을 만나 시를 쓰기 시작했다. 삼천포 고등학교를 수석으로 졸업하고 고려대학교 국문과에 입학했다.

1953년, 시조 「강물에서」가 《문예》 11월호에 추천되었고, 1955년 《현대문학》에 유치환과 미당 서정주의 추천을 받아 등단했다. 서민들의 애환과 정서를 우리말의 아름다운 운율로 절묘하게 조합해 표현했으며 1957년에는 현대문학상을 수상했다. 김소월, 김영랑, 박목월, 서정주와 함께 한국의 대표적인 서정시인으로 꼽힌다. 1997년 6월 8일 지병으로 유명을 달리했다.

울음이 타는 가을강

마음도 한자리 못 앉아 있는 마음일 때,
친구의 서러운 사랑 이야기를
가을 햇볕으로나 동무삼아 따라가면,
어느새 등성이에 이르러 눈물 나고나.

제삿날 큰집에 모이는 불빛도 불빛이지만,
해질녘 울음이 타는 가을강을 보겠네.

저것 봐, 저것 봐,
네보담도 내보담도
그 기쁜 첫사랑 산골 물소리가 사라지고
그 다음 사랑 끝에 생긴 울음까지 녹아나고
이제는 미칠 일 하나로 바다에 다 와 가는
소리 죽은 가을강을 처음 보겠네.

박재삼 시비

조지훈 문학관

경북 영양 　조지훈

■　조지훈의 본명은 동탁으로 1920년 12월 3일 경북 영양군 일월면
주곡리에서 태어났다. 조지훈은 1939년《문장》지에 추천 받으며
작품 활동을 시작했다. 이때 정지용이 심사를 맡아 추천사를 썼
다. 한국의 우아하고 아름다운 정서를 담고 있으며 지조와 절개
의 시인으로 살다 1968년 5월 17일 세상을 떠나 안장되었다.

경북 안동 　이육사

─── 　이육사는 1904년 4월 4일 경북 안동시 도산면 원천리 882번지에서 6형제 중 차남으로 태어났다. 1925년부터 독립운동 단체인 의열단의 단원으로 활동하다가 폭파사건에 연루되어 수감되었다. 그 후 북경 감옥에서 옥사할 때까지 모두 17차례에 걸친 수감 생활을 했다. 1943년 1월 16일 차가운 감옥에서 숨을 거두었다.

충북 옥천   # 정지용

시인 정지용은 1902년 5월 15일 충북 옥천에서 태어났다. 서울에서 휘문중학교를 나온 후 일본의 도시샤 대학을 졸업했고, 이후 귀국하여 휘문 영어과 교사, 이화여자전문학교 교수로 근무했다. 박용철, 김영란, 이하윤 등과 함께 《시문학》 동인으로 활발한 작품 발표를 하였다. 1935년 첫 시집 『정지용 시집』이 시문학사에서 간행되었다. 《문장》의 편집에 참여하여 박두진, 조지훈, 박남수 등을 추천했다.

감각적 언어의 연금술사로 섬세한 언어를 통해 가난하지만 평화롭고 아늑한 고향의 모습을 그렸다. '금빛 게으른 울음'과 같은 공감각적 심상으로 시의 서정성을 극대화시켰다.

오월 소식

오동나무 꽃으로 불 밝힌 이곳 첫 여름이 그립지 아니한가?
어린 나그네 꿈이 시리로 파랑새가 되어 오리니,
나무 밑으로 가나 책상 턱에 이마를 고일 때나,
네가 남기고 간 기억만이 소곤소곤거리는구나.

모처럼만에 날아온 소식에 반가운 마음이 울렁거리어
가여운 글자마다 먼 황해가 남설거리나니.

… 나는 갈매가 같은 종선을 한창 치달리고 있다 …

쾌활한 오월 넥타이가 내처 난데없는 순풍이 되어,
하늘과 딱 닿은 푸른 물결 위에 솟은
외따른 섬 로만틱을 찾아갈가나.

일본 말과 아라비아 글씨를 가르치러 간
쬐그만 이 페스탈로치야, 꾀꼬리 같은 선생님이야.
날마다 밤마다 섬 둘레가 근심스런 풍랑에 씹히는가 하노니,
은은히 밀려오는 듯 멀리 우는 오르간 소리…

정지용문학관

윤동주 생가

만주 명동촌 　**윤동주**

───

윤동주는 1917년 12월 30일, 만주 북간도 명동촌에서 태어났다. 1931년 명동 소학교를 졸업하고 중국인 관립소학교에서 1년간 공부했다. 1938년 서울 연희전문 문과에 입학했고, 1941년에 졸업했다. 그동안 동시와 산문 등을 발표했다. 1942년 일본 동경 릿쿄 대학 영문과에 입학했고 여름방학에 용정의 고향집에 마지막으로 다녀갔다. 가을에 다시 교토 도시샤 대학 영문과에 편입했다. 1943년 독립운동 혐의로 일본 경찰에 체포되었으며, 1944년 큐슈 보우 형무소에 투옥되었다. 1945년 2월 16일, 형무소에서 옥사했다. 3월 초에 고향 용정의 동산에 묻혔다. 1946년 그의 유작이 《경향신문》에 발표되었다. 1948년 1월 유고 31편을 『하늘과 바람과 별과 詩』라는 제목으로 정음사에서 펴냈다.

윤동주는 일제에 대하여 고고하고 준열한 저항과 청순하고 자기 희생적인 인간애가 넘치는 민족적 서정시를 남겼다. 이육사와 더불어 일제 말 식민지 하의 2대 민족 시인으로 꼽히고 있다.

서시

죽는 날까지 하늘을 우러러
한 점 부끄럼이 없기를,
잎새에 이는 바람에도
나는 괴로워했다.
별을 노래하는 마음으로 모든 죽어가는 것을 사랑해야지
그리고 나한테 주어진 길을
걸어가야겠다.

오늘도 별이 바람에 스치운다.

윤동주 묘소

전북 전주 # 신석정

신석정은 1907년 7월 7일 전북 부안읍 동중리에서 태어나 부안 보통학교를 졸업한 것이 유일한 정규교육이다. 그는 1924년《조선일보》에 「기우는 해」를 발표했다. 1930년 상경한 후 박용철, 정지용, 이하윤, 김기림, 이병기 등의 문인들과 교류했다. 그의 첫 시집 『촛불』(1939)은 김기림으로부터 새로운 전원시인으로 주목받았다. 6·25 전쟁 이후에는 현실의 부조리, 참여의식과 역사의식을 담은 작품을 발표했다. 『산의 서곡』(1967), 『대바람 소리』(1970)를 끝으로 고혈압으로 쓰러져 투병 끝에 1974년 7월 6일 생을 마감했다.

대숲에 서서

대숲으로 간다
대숲으로 간다
한사코 성근 대숲으로 간다

자욱한 밤안개에 벌레소리 젖어 흐르고
벌레소리에 푸른 달빛이 베어 흐르고

대숲은 좋더라
성글어 좋더라
한사코 서러워 대숲은 좋더라

꽃가루 날리듯 흥건히 드는 달빛에
기척 없이 서서 나도 대같이 살거나

신석정 시비

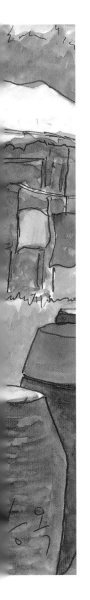

광주   # 박용철

박용철은 1904년 6월 21일 전남 광주시 광산구 소촌동에서 태어났다. 광주 공립보통학교를 거쳐 서울 휘문고보에서 배재학당으로 옮긴 후, 졸업을 앞두고 자퇴를 했다. 특히 수학에 뛰어난 재능을 보였다고 한다. 일본 청산학원에서 수학을 전공하다 김영랑을 만나 문학에 관심을 갖고 도쿄 외국어학교에서 독문학을 공부했다. 관동 대지진으로 인해 학업을 마치지 못하고 1923년 9월에 귀국한 박용철은 연희전문학교에 편입하지만 얼마 안 가 학업을 중단하고 고향으로 돌아갔다.

1930년 사비를 털어 《시문학》을 창간하고 「떠나가는 배」, 「싸늘한 이마」 등 5편의 시를 발표, 문단활동을 시작한 그는 《문예월간》과 《문학》을 창간한다. 계급주의 문학을 철저히 배격하고, '예술을 위한 예술만이 진정한 예술'이라는 《시문학》 정신은 당시 시단에 신선한 바람을 불어넣었다. 괴테나 릴케의 시를 번역하고 서구 문학 이론을 도입하는 등 문학사에 큰 족적을 남겼다. 1938년 폐결핵에 걸려 병마와 싸우다가 5월 12일 35세의 젊은 나이로 생을 마감하고 고향에 잠들었다.

떠나가는 배

나 두 야 간다
나의 이 젊은 나이를
눈물로야 보낼 거냐
나 두 야 가련다

나 두 야 간다
나의 이 젊은 나이를
눈물로야 보낼 거냐
나 두 야 가련다

아늑한 이 항군들 손쉽게야 버릴 거냐
안개같이 물 어린 눈에도 비치나니
골짜기마다 발에 익은 뒷부리 모양
주름살도 눈에 익은 아- 사랑하던 사람들

버리고 가는 이도 못 잊는 마음
쫓겨가는 마음인들 무어 다를 거냐
돌아다보는 구름에는 바람이 희살짓는다
앞 대일 언덕인들 마련이나 있을 거냐

박용철 시비

오동도

━━ 1949년 내가 종산국민학교(현재 중앙초등학교) 2학년 때였다. 어느 토요일 오후 친구들과 함께 갔던 오동도는 동백꽃이 아닌 대나무가 섬을 가득 채우고 있었다. 이순신 장군이 왜군을 물리칠 때 이 대나무로 활을 만들어 썼다고 한다.

1950년 여름, 인민군이 여수에 쳐들어왔다. 남해에 있던 미군 군함 2척은 여수에 폭탄을 투하했다. 그로 인해, 일본식으로 잘 지어진 건축물들과 대나무 등 여수의 모든 것들이 사라지게 되었다. 그리하여 1970년부터 현재에 이르기까지는 사라진 대나무의 자리를 동백꽃이 대신하게 되었다.

진남관

—————   진남관鎭南館은 이순신의 전라좌수영의 본영本營으로 지금도 나는 그곳에 가면 왜군의 침략에 맞서 지휘하는 이순신의 기운을 느낀다.

운림산방

진도 의신면 사천리에 있는 운림산방은 조선시대 남화의 대가인 소치 허련이 머물렀던 곳이다. 초의선사 밑에서 추사 김정희에게 서화 수업을 받았다. 소치의 화맥은 아들 미산 허형과 손자 허건, 증손자 임전 허문까지 4대에 걸쳐 이어지고 있다. 운림산방은 고갯마루에 진도를 조망할 수 있는 전망대가 있어 진도 동쪽 바다를 한눈에 볼 수 있다. 바닷길이 열리는 모습은 신비 그 자체다.

남도석성

━━ 　진도 임회면 남도리에 위치한 남도석성은 삼별초의 지도자 배중손 장군이 여몽연합군에 쫓겨 최후를 마친 곳이다. 삼국시대에 쌓은 것으로 알려진 남도석성은 둘레 610미터의 원형 그대로 보존돼 있다. 성벽의 높이는 5~6미터 정도다. 그 동쪽에 있는 것이 단홍교, 서쪽에 있는 것이 쌍홍교다. 다도해의 섬 사이로 붉게 떨어지는 햇덩이가 아름답다.

매화마을

나는 오래전, 혼자서 서울에서 출발하여 섬진강, 화개장터, 청매실농원, 남해 벚꽃을 구경한 적이 있다. 광양은 백운산의 맑은 시내와 섬진강 물이 광양만으로 흘러들어 아름다운 자연 경관을 자랑하는 곳이다. 섬진강변 매화마을은 연 100만 명이 넘는 관광객이 찾아드는 관광 명소이다.

쌍계사

쌍계사는 3월 말부터 4월 중순까지 절정을 이루는 벚꽃 십리 길로 유명하다. 이곳에 하얀 눈처럼 피어난 벚꽃은 섬진청류와 화개동천 25킬로미터 구간을 아름답게 수놓아 해마다 이맘때쯤이면 봄의 정취를 즐기려는 사람들의 발길이 끊이지 않는다.

함덕

내가 제주도를 처음 방문한 것은 1982년, 영화 시나리오 작업 때문이었다. 그 당시 여행에서 가장 인상적이었던 것은 맑고 투명한 옥빛의 바다를 자랑하는 함덕 해수욕장과 사람의 손이 타지 않은 듯 근처에 집이 한 채도 없이 자연을 그대로 만끽할 수 있는 한라산의 경관이었다.

10여 년 뒤 1995년에는 베트남에서 온 친구와 함께 렌터카를 타고 제주도 일주를 할 기회가 있었다. 함덕 해수욕장 옥빛의 바다! 그때 다시 찾은 한라산은 집들이 자리하고 있어 과거 자연 그대로의 아름다움이 조금 빛이 바랜 듯해 약간의 서운한 마음을 안은 채 돌아왔던 기억이 난다.

한라산

━━ 2009년 4월, 나는 세 번째로 제주도를 방문할 기회가 생겼다. 설레는 마음으로 함덕 해수욕장과 한라산을 다시 찾았다. 그러나 한라산은 가옥뿐만 아니라 호텔 밑 관광시설이 많이 생겨나 예전의 모습에서 더 멀어져 있었다.

남선염업 염전

—

1972년 내가 《샘터》 주간으로 있을 때, 《샘터》의 김형영 편집인이 부안에서 결혼식을 올렸다. 그때 부안에 내려가 변산해수욕장, 채석강, 적벽강, 격포항, 곰소, 남선염업 염전 등을 둘러볼 기회가 있었다. 산과 바다, 논 등이 매우 인상 깊었다. 얼마 전 아내, 아들과 함께 부안을 다시 방문하여 새만금간척지, 변산해수욕장, 적벽강, 곰소, 남선염업 염전, 드라마 〈불멸의 이순신〉 촬영소 등을 다시 둘러보았다.

부안은 '가장 깨끗한 조개'라는 백합이 푸짐하다. 이곳에서는 회, 구이, 탕으로 실한 백합 15~6개가 오르고 무침, 죽도 따라 나오는 백합정식이 1만 8천 원이다. 생 백합부터 한 점, 그 맛이 달큰하다. 그만큼 싱싱하다는 얘기다. 마침 5월이라 절정에 오른 맛과 영양이 생생하게 혀에 와 닿는다. 은박지를 들춰내자 '툭' 하고 뚜껑을 열어 속살을 드러낸다. 조갯살에서 우러나 은박지에 자박하게 고인 국물은 꼭 먹어주어야 한다. 짭조름한 진국이다. 탕은 양념을 일절 하지 않고 파와 고추만 썰어 넣었는데도 백합 제 몸에서 뽀얗게 우러난 우윳빛 국물이 시원하다. 죽은 참깨와 녹두를 갈아 넣고 참기름을 뿌려 혀에 착착 감겨든다. 처음에 상을 받으면 이걸 언제 다 먹느냐는 생각부터 들지만 결국엔 남김없이 비우게 된다.

대릉원

━━━ 1958년 고등학교 때 처음으로 경주여행을 했다. 경주 시내 여행은 대릉원을 그 출발점으로 잡는 것이 좋다. 대릉원을 중심으로 계림, 첨성대, 반월성 등 대부분의 유적들이 걸어서 5~10분 거리에 위치해 여행하기 편리하기 때문이다. 대릉원은 총 23기의 고분들이 모여 마치 오순도순 모여 사는 마을을 연상시킨다. 봉분 옆에 선 꽤 오래된 나무가 앙증맞아 보일 정도로 고분들이 크고 높다. 한창 기세 좋게 자란 잔디가 무성하다.

포석정

── 포석정은 신라 역대 임금들이 풍류를 즐기던 곳이다. 55대 경애왕이 후백제 견훤 군대의 습격을 받아 최후를 마친 곳으로 알려져 있다.

해운대

'해운대'라는 지명은 통일신라시대 말기 최치원 선생이 동백섬 일대를 거닐다가 이곳의 절경에 심취하여 동백섬 남쪽 암벽에 자신의 자인 '해우대'를 따서 '해운대'라는 세 글자를 새긴 데서 비롯되었다.

해운대 해변의 길이는 불과 1.5킬로미터, 폭은 30~50미터 정도에 불과하나, 부산을 대표하는 해수욕장으로, 특히 여름철이면 엄청난 피서 인파가 몰려 성황을 이룬다. 조선비치호텔 우측으로 펼쳐진 동백섬과 오륙도는 여섯 개의 섬, 달맞이길 회집, 올림픽공원, 요트 경기장이 어우러져 입체적인 관광 벨트를 이루고 있다.

광안대교

해운대에서 수영구 남천동 사이의 바다 위를 가로지르는 국내 최대 규모의 해상 교령인 광안대교(7420미터)는 아래층은 해운대 방향으로 위층은 남천동 방향으로 이어지는 복층 형태의 다리다. 최첨단 조명 시스템이 설치되어 요일별, 계절별로 다양한 색채의 화려한 불빛을 발산해 부산의 새로운 명물로 떠올랐다.

처용암

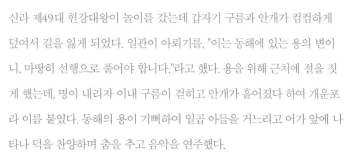

신라 제49대 헌강대왕이 놀이를 갔는데 갑자기 구름과 안개가 컴컴하게 덮여서 길을 잃게 되었다. 일관이 아뢰기를, "이는 동해에 있는 용의 변이니, 마땅히 선행으로 풀어야 합니다."라고 했다. 용을 위해 근처에 절을 짓게 했는데, 명이 내리자 이내 구름이 걷히고 안개가 흩어졌다 하여 개운포라 이름 붙였다. 동해의 용이 기뻐하여 일곱 아들을 거느리고 어가 앞에 나타나 덕을 찬양하며 춤을 추고 음악을 연주했다.

그중 한 아들이 왕의 정사를 보필했는데, 처용이라는 자였다. 처용의 아내가 매우 아름다웠으므로 역신이 흠모하여 밤이 되면 사람으로 변하여 그 집에 와서 몰래 함께 자곤 하였다. 처용이 집에 돌아와서 두 사람이 자고 있는 것을 보고 노래를 지어 부르고 춤을 추며 물러갔는데, 그 노래는 다음과 같다.

> 동경 밝은 달에 밤늦도록 노닐다가
> 들어와 자리를 보니 다리가 넷이네
> 둘은 아내 것이건만 둘은 누구의 것인가
> 본대 내 것이지만 빼앗긴 걸 어찌하리

이후 사람들은 문간에 처용의 얼굴을 그려 붙여 귀신을 물리치고 복을 오게 했다 한다.

대왕암

댕바위라고도 불리는 대왕암은. 신라시대 문무대왕의 왕비가 죽어서도 호
국룡이 되어 나라를 지키겠다는 염원을 담아 이곳에 묻혔다는 전설이 있
는 곳이다.

박정희 생가

1950년대, 한국의 군대는 부패하고 질적으로 낮은 수준에 있었다. 그 당시만 해도 군수물자의 유출이 심하여 군수물자가 트럭에 실린 채 부산 국제시장으로 빠져나가고, 군의후생사업이라는 명목으로 갖가지 특권과 부정이 공공연히 자행되었다. 그 때문에 사병들은 제대로 보급을 받지 못한 채 굶주림과 추위에 떨었던 것이다. 1960년 당시 소장 계급의 박정희 전 대통령은 대구 근처에서 유랑민 행색의 한 무리의 가족이 처참하게 쓰러져 있는 광경을 목격했다. 그는 그 가족을 보면서 사회 개혁의 의지를 다졌다.

유달산

나의 첫 목포 여행은 1962년 7월, 서울대 3학년 재학 시절 여름 방학에 친구 김현(평론가), 최하림(시인)과 함께한 것이었다. 목포의 상징 중 하나인 삼학도에는 '목포의 눈물'로 잘 알려진 이난여의 생가 터가 있다. 1964년 2월에는 가파르기로 유명한 유달산에 올랐는데 이곳에는 노적봉과 낙조대가 있다. 임진왜란 때 이순신 장군은 노적봉을 짚과 섶으로 둘러 군량미가 산더미같이 쌓인 것처럼 보이도록 위장하고서 적을 공략하였다고 한다. 또한 낙조대에 올라서면 다도해의 절경을 한눈에 감상할 수 있다.

목포문학관

— 2009년 1월 31일에 김현 문학관의 일로 목포를 다시 찾았다. 목포에는 이미 목포문학관이 있는데 이곳은 소설가 박화성, 극작가 김우진과 차범석을 한꺼번에 느낄 수 있는 국내 최초의 3인 문학관이다. 김우진은 성악가 윤심덕과 함께 현해탄에 투신자살을 한 것으로 전해진다. 그의 아들은 내가 서울대 재학 시절 교수로 재직했으며 박화성과 차범석 두 분은 나의 은사님이시기도 하다.

광양교

나는 일본 오사카에서 태어났다. 4세에 귀국하여 본적인 전남 광양에 잠시 거주하다가 6세 때에 전남 순천으로 자리를 옮겨 정착했다. 순천에서 고등학교를 마친 뒤, 20세에 서울로 옮겨 78세가 된 지금까지 서울에서 살고 있다. 광양에서 8·15 해방을 맞았고 순천에서 여순반란사건을 겪으며 실제 학살 장면을 목격하기도 했다. 순천과 광양에서 강과 바다를 벗 삼아 자란 어린 시절의 기억은 훗날 내 작품의 주요 모티프가 되기도 했다.

━━ 　드디어 우리는 파도가 해변의 바위틈에 부딪쳐 내는 무서운 소리를 들었다. 생명이 물러가는 소리가 있다면 아아, 저 파도소리와 흡사하리라. 나는 비명을 지르며 우리가 건너온 염전 벌판을 바라보았다. 아슴한 눈발 속에서 염전 벌판은 한없이 넓어져가고 있는 듯했고, 나는 아무래도 그 벌판을 건너가지 못하고 말 것 같았다.

『환상수첩』 중에서

대대동

━━━ 순천 대대동의 강과 바다는 아름답기로 유명하다. 특히 순천만은 갯벌과 갈대가 어우러진 자연 생태의 보고이다. 겨울이면 천연 기념물 제228호 흑두루미를 비롯해 다양한 철새들의 향연을 볼 수 있는 관광지로 널리 알려져 있어 서울, 인천, 부산 등 각 지역에서 오는 사람들의 발길이 끊이지 않는다.

무진교

대대동에 가면 다리가 하나 있다. 이 다리는 나와 오랜 지기인 오웅진 미술가가 내 단편소설인 『무진기행』에서 이름을 따 '무진교'라고 불렸는데, 서갑원 의원과 순천시청이 협력하여 현재는 공식 명칭이 되었다.

해마다 순천만에서는 전라남도의 대표 축제라 할 수 있는 '순천만 갈대 축제'가 열리는데 공연 행사 중 하나로 '전국 무진기행 대학생 백일장 대회'가 개최된다. 올해로 11회를 맞이한 이 대회는 전국의 재능 있는 문학 청년들을 만날 수 있다는 점에서 나에게도 매우 뜻 깊은 행사이다.

2부

산문시대

산문시대散文時代는 서울대 문리대에 다니던 문학도들이 모여 만든 동인지다. 1962년도에 발간된 1집에는 김현, 최하림, 김승옥이 참여했고, 2호에는 강호무, 김산초가, 3집에는 김성일, 4집에는 염무웅, 김치수, 서정인 등이 작품을 발표했다. 이제 저세상으로 떠난 문우들이 많고 남아 있는 이는 몇 안 되니 그리움이 더하다.

산문시대
1962-1964
승옥

二十代의 姜好武

강호무 姜好武

1941년 10월 8일 일본 오사카에서 태어났다. 본적은 전남 광양인데 나와
는 순천고 동창이다.《산문시대》동인으로 활동하면서 단편「번지식물」을
발표했다. 이후「멈칫거리는 파도」(1963~1981),「태양의 문」(1964),「주력」
(1968),「흉물」(1975),「바지락 줍기」(1975),「화류항사」(1976),「천수정天水
井」(1978),「물가에 선 사람」(1984) 등을 발표했다. 1965년 언어의 조탁을
통해 순수 서정의 아름다움을 추구한 시집『관목』을 출간했으며, 1978년
소설집『화류항사花柳巷辭』를 발간했다. 한때 잡지사의 편집장, 출판문화협
회 등에서 일하기도 했다.
그의 소설들은 시적인 문체와 함께 신비주의적 성격을 띠고 있는데, 이것
은 그가 시인으로 출발했다는 사실과 무관하지 않다. 김현은 그를 가리켜
'말의 몽상가'라 칭했다.

郭光秀

산문시대
1962~1964

곽광수 郭光秀

곽광수는 1941년 4월 13일에 태어났다. 서울대 불문학과 및 동 대학원을 졸업하고 프랑스로 건너가 프로방스 대학에서 문학박사 학위를 취득했다. 귀국 후에는 서울대학교 사범대학 불어과 교수를 역임했다. 현재 서울대학교 명예교수이다.

1962년부터 1960년대 중반까지 간행된 동인지《산문시대》에 참여했지만, 프랑스 유학 이후 대학 강단에 서면서 문단 활동과는 일정한 거리를 두면서 무게 있는 평문을 발표했다.

1976년 김현과 함께 『바슐라르 연구』를 발간했고, 1978년 문학평론집 『문학·사랑·가난』을 발간했다. 그 밖의 저서로 『바슐라르』(2009)와 산문집 『가난과 사랑의 상실을 찾아서』가 있으며, 번역서 『구조시학』(1987), 『공간의 시학』(1997), 『하드리아누스 황제의 회상록』(2008) 등이 있다.

산들시대
1962~196X
흥으고

김치수 金治洙

전북 고창 출신이다. 서울대 문리대 불문과 및 동 대학원 불문과를 졸업하고 프랑스 프로방스 대학에서 문학박사 학위를 받았다. 부산대, 한국외국어대 교수를 거쳐 이화여대 불문학과 교수, 이화여대 이화학술원 석좌교수를 역임했다. 한국기호학회 회장, 한국 불어불문학회 회장을 역임했다

1964년《산문시대》에 「작가와 문학적 변모」를 발표함으로써 문학활동을 시작했으며, 1966년《중앙일보》신춘문예에 「자연주의 재고」가 당선되었다.《산문시대》,《68문학》,《문학과 지성》동인으로 관여하여 1960~1970년대의 한국문학에 큰 영향력을 미쳤다. 특히 프랑스 근대 사실주의 및 자연주의 문학에서부터 누보로망에 이르기까지 프랑스 소설에 대한 깊은 이해를 바탕으로 한국문학에 대한 실제비평적인 글을 다수 발표함으로써 새로운 문학 세대를 대표하게 되었다.

《문학과 지성》동인인 김현, 김주연, 김병익과『현대한국문학의 이론(공저)』(1972)을 낸 후 비평집『한국소설의 공간』(1976),『문학 사회학을 위하여』(1979),『박경리와 이청준』(1981),『문학과 비평의 구조』(1984),『구조주의와 문학비평』(1989),『공감의 비평을 위하여』(1992),『삶의 허상과 소설의 진실』(2000),『상처와 치유』(2010) 등을 발간했다.

1995년 프랑스 문화학술공로 훈장을, 2006년 옥조근정훈장, 올해의 예술상 등을 수상했다.

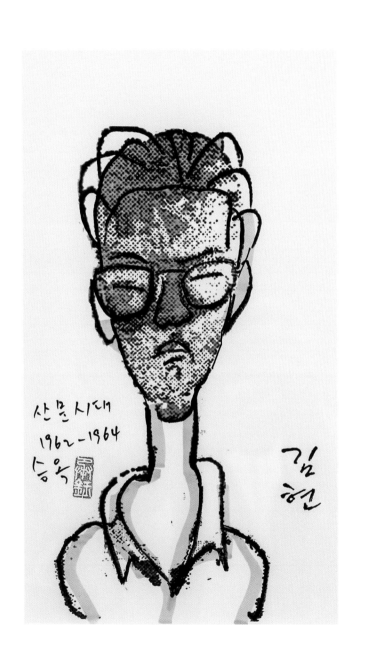

산문시대
1962-1964
승옥

김
현

김현 金炫

전라남도 진도 출생이다. 1960년 경복고등학교를 거쳐 1964년 서울대 문리대 불문학과, 1967년 동대학원 불문학과를 졸업했다. 1962년 《자유문학》에 평론 「나르시스의 시론」을 발표함으로써 평론 분야의 활동을 시작했다.

《산문시대》,《사계》,《문학과 지성》 등의 동인으로 활동하면서 본격적인 평론 활동을 했다. 『존재와 언어』(1967), 『상상력과 인간』(1973), 『사회와 윤리』(1974), 『문학과 유토피아』(1980), 『젊은 시인들의 상상세계』(1984), 『책 읽기의 괴로움』(1984), 『분석과 해석』(1988), 『말들의 풍경』(1990) 등 8권의 평론집이 있다. 또한 『한국문학사』(1973), 『한국문학의 위상』(1977), 『르네 지라르 혹은 폭력의 구조』(1987), 『시칠리아의 암소: 미셸 푸코 연구』(1990) 등 한국문학과 불문학에 관한 저작을 많이 남겼다.

1990년 타계했으며, 1993년 문학과지성사에서 『김현문학전집』(전16권)이 출간되었다.

徐廷仁

산문시대
1962-1964 승인

서정인 徐廷仁

1936년 전남 순천 장천리에서 태어났다. 내게는 중·고·대학의 선배가 된다. 스스로 "내 몸뚱이는 순천의 흙으로 빚어졌고 그곳의 빛과 물과 바람으로 컸다."라고 말할 정도로 그의 정서와 의식 세계는 순천과 밀착되어 있다. 서정인은 1955년 서울대학교 문리대 영문과에 입학하면서 처음으로 순천을 떠나 서울로 올라왔다. 그는 큰형과 함께 흑석동·본동·신길동 등지에서 자취를 했다. 전쟁이 휩쓸고 지나간 뒤 너나없이 가난하고 물자부족에 시달리던 때라 그의 대학 생활은 고달프기 짝이 없었다. 그는 군대 작업복 바지를 염색해 입고, 시험지에 등사한 교재로 공부를 했다. 군 생활을 마치고 복학한 서정인은 1962년 3월 서울대학교 대학원 영문과에 진학하고, 이어 서울시 중등교원공채시험에 응시해 합격한다. 이윽고 그는 서울 삼선중학교에 배치되어 교사 생활을 시작했다.

1962년 여름, 그는 고향인 순천에 내려가 쓴 중편소설 『후송後送』으로 제4회 《사상계》 신인 문학상 공모에 당선되어 문단에 등단했다. 이어 「강」(1968), 「우리 동네」(1971), 「남문통」(1975), 「뒷개」(1977), 「토요일과 금요일 사이」(1979) 등의 작품을 잇달아 발표해 문단의 주목을 받았다. 1976년 한국문학작가상, 1984년 월탄문학상, 1986년 한국일보창작상을 수상했다.

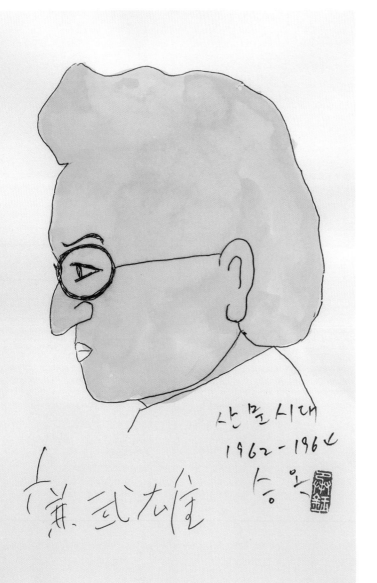

산문시대
1962~196ㄴ
合오

嗛 武雄

염무웅廉武雄

1941년 속초에서 태어났다. 서울대 독문과 동대학원을 마쳤다. 1963년 동인지《산문시대》에 「현대성론서現代性論序」를 발표, 1964년 경향신문 신춘문예에 평론 「최인훈론」이 당선되어 등단했다. 1967년부터 계간《창작과 비평》을 편집, 1972년 겨울호부터 주간직을 맡았다.

『이상평전』(1965), 『박경리론』(1967), 『선우휘론』(1967), 『한용운론』(1972) 등의 작가론집과『식민지적 근대인』(1966), 『농촌문학론』(1970), 『민족문학론』(1972), 『리얼리즘의 역사성과 현실성』(1972), 『식민지문학의 청산』(1973) 등의 평론집이 있다.

번역서로 카프카의 『성』(1972)과『심판』(1972), 백낙청과 공역한 하우저의 『문학과 예술의 사회사』(1967~1969) 등이 있다. 하우저의 평론이 문학예술에 대한 사회학적 입장이 고찰이듯, 그의 평론도 사회적 조건의 규명을 전체로 비평작업을 전개했다.

山崔昊林

산을시대
196L 1964
승오

최하림 崔夏林

1939년 3월 7일 전라남도 목포에서 태어났다. 1964년 조선일보 신춘문예에 「빈약한 올페의 초상」이 당선되어 등단했다. 시집으로『우리들을 위하여』(1976),『작은 마을에서』(1982),『겨울꽃』(1985),『겨울 깊은 물소리』(1987),『침묵의 빛』(1988),『속이 보이는 심연으로』(1991),『굴참나무 숲에서 아이들이 온다』(1998),『겨울 깊은 물소리』(1999),『풍경 뒤의 풍경』(2001) 등이 있다.

그는 1960년대 이래 우리 사회를 조여왔던 권위적 체제에서 격렬한 어조로 자유를 향한 의지를 노래한 시인이다. 그의 시는 부재에 대한 인식에서 출발하여 그 무엇인가를 찾으려 노력하는 외롭고 그리운 유랑의 발길이 주조를 이루고 있다.

3부

그리운 사람들

감자먹는상황 승욱 2016.9.

김지하 金之夏

김지하는 1941년 전남 목포에서 태어났으나 1954년 강원도 원주로 이사하면서 원주에서 소년기를 보냈다. 1959년 서울 중동고등학교를 졸업한 후 서울대 미학과에서 수학했다.

1963년 3월 《목포문학》에 김지하金之夏라는 이름으로 「저녁 이야기」를, 1969년 11월 《시인》에 「황톳길」, 「비」, 「녹두꽃」 등의 시를 발표함으로써 공식적으로 등단했다.

1970년 사회현실을 날카롭게 풍자한 담시 「오적五賊」을 발표하고 반공법 위반으로 구속, 기소되기도 했다. 같은 해 희곡 「나폴레옹 꼬냑」, 「구리 이순신」을 집필했고, 대표적 평론인 「풍자냐 자살이냐」를 발표했다. 12월에는 처녀시집 『황토』를 간행했다. 1972년 4월 권력의 횡포와 민심의 방향을 그린 담시 「비어蜚語」를 발표해 다시 반공법 위반으로 입건된 후, 민청학련 사건으로 사형을 언도받기도 했다.

시집으로 『황토』(1970), 『타는 목마름으로』(1982), 『남南』(1984), 『살림』(1987), 『애린』(1987), 『검은 산 하얀 방』(1987), 『이 가문 날에 비구름』(1988), 『나의 어머니』(1988), 『별밭을 우러르며』(1989), 『중심의 괴로움』(1994), 『화개』(2002), 『유목과 은둔』(2004), 『비단길』(2006), 『새벽강』(2006), 『못난 시들』(2009), 『시김새』(2012) 등이 있다. 그 밖에 『밥』(1984), 『남녘땅 뱃노래』(1987), 김지하 회고록 『흰 그늘의 길』(2003), 『생명학』(2003), 『김지하의 화두』(2003), 『탈춤의 민족미학』(2004), 『생명과 평화의 길』(2005), 『디지털 생태학』(2009) 등의 저서가 있다.

1975년 아시아·아프리카 작가회의 로터스 특별상, 1981년 국제시인회 위대한 시인상, 브루노 크라이스키상, 2002년 제14회 정지용문학상, 제10회 대산문학상, 제17회 만해문학상, 2003년 제11회 공초문학상, 2005년 제10회 시와 시학상 작품상, 2006년 제10회 만해대상, 2011년 제2회 민세상 등을 받았다.

무화과

돌담 기대 친구 손 붙들고
토한 뒤 눈물 닦고 코풀고 나서
우러른 잿빛 하늘
무화과 한 그루가 그마저 가려섰다.

일어나 둘이서 검은 개굴창가 따라
비틀거리며 걷는다
검은 도둑괭이 하나가 날쌔게
개굴창을 가로지른다

이봐
내겐 꽃시절이 없었어
꽃 없이 바로 열매 맺는 게
그게 무화과 아닌가
어떤가

친구는 손 뽑아 등 다스려 주며
이것봐
열매 속에서 속꽃 피는 게
그게 무화과 아닌가
어떤가

강채원 초상화   송옥 2016. 9.

김채원

김채원은 「국경의 밤」으로 널리 알려진 시인 김동환의 딸이다. 1946년 경기도 덕소에서 태어났고, 1968년 이화여대 회화과를 졸업했다. 1975년《현대문학》에 단편소설 「밤 인사」가 당선되어 작품활동을 시작했다. 「겨울의 환」으로 제13회 이상문학상을 수상했다. 소설집 『초록빛 모자』, 『봄의 환』, 『달의 몰락』, 『가득 찬 조용함』, 『지붕 밑의 바이올린』, 중편소설 『미친 사랑의 노래』, 장편소설 『형자와 그 옆 사람』, 『달의 강』, 장편동화 『장이와 가위손』, 『자장가』, 자매소설집 『먼 집 먼 바다』, 『집, 그 여자는 거기에 없다』 등이 있다.

김형영 초상화   승옥 2016.9.

김 형 영

김형영은 1945년 1월 6일 전북 부안에서 태어났다. 서라벌예대 문창과를 졸업했으며, 1966년《문학춘추》를 통해 등단했다. 2005년 제8회 가톨릭문학상을 수상했다.

내가 당신을 얼마나 꿈꾸었으면

내가 당신을 얼마나 꿈꾸었으면

당신은 말을 잃고 내게 오는가.

사랑이라는 말

죽음이라는 말

내가 당신을 얼마나 꿈꾸었으면

당신은 내가 부를 이름도 없이 내게 오는가.

보이지 않는 당신

보이지 않는 육체

그럼에도 당신은 살아 있다.

어둠 속 깊이깊이

내 마음속 깊이깊이

내가 당신을 꿈꾸는 것처럼

당신은 나를 꿈꾸고

우리는 우리만의 세계를 가지리.

사랑의 힘으로

죽음의 힘으로

다시는 깨어날 수 없는

시간의 힘으로

천국이 있다면

우리가 그 천국을 가지리.

모성애

어머니, 꽃구경 가요.
제 등에 업히어 꽃구경 가요.

세상이 온통 꽃 핀 봄 날
어머니 좋아라고
아들 등에 업혔네.

마을을 지나고
들을 지나고
산자락에 휘감겨
숲길이 짙어지자
아이구머니나
어머니는 그만 말을 잃었네.

봄구경 꽃구경 눈 감아버리더니
한 움큼 한 움큼 솔잎을 따서
가는 길바닥에 뿌리며 가네.

어머니, 지금 뭐하시나요.
꽃구경은 안 하시고 뭐하시나요.
솔잎은 뿌려서 뭐하시나요.

아들아, 아들아, 내 아들아
너 혼자 돌아갈 길 걱정이구나.
산길 잃고 헤맬까 걱정이구나.

문정희 분상을

문정희

시인이자 수필가인 문정희는 1947년 5월 25일 전남 보성에서 태어났다. 동국대 국문학과를 졸업하고 서울여대에서 박사학위를 받았다. 1969년 《월간문학》에 시 「불면」, 「하늘」 등이 당선되어 등단했다. 지금은 동국대학교 석좌교수로 후학을 가르치고 있다.

늙은 꽃

어느 땅에 늙은 꽃이 있으랴

꽃의 생애는 순간이다

아름다움이 무엇인가를 아는 종족의 자존심으로

꽃은 어떤 색으로 피든

필 때 다 써버린다

황홀한 이 규칙을 어긴 꽃은 아직 한 송이도 없다

피 속에 주름과 장수의 유전자가 없는

꽃이 말을 하지 않는다는 것은

더욱 오묘하다

분별 대신

향기라니

명봉역°

아직도 은소금 하얀 햇살 속에 서있겠지

서울 가는 상행선 기차 앞에

차창을 두드릴 듯

나의 아버지

저녁 노을 목에 감고

벚나무들 슬픔처럼 흰 꽃 터뜨리겠지

지상의 기차는 지금 막 떠나려 하겠지

아버지와 나 마지막 헤어진 간이역

눈앞에 빙판길

미리 알고

봉황새 울어 주던 그날

거기 그대로 내 어린 날

눈 시리게 서 있겠지

° 한자로 울 명(鳴) 새 봉(鳳)
  즉, 새가 운다는 뜻을 가진
  광주와 순천 사이에 있는 간이역.

배창호 감독님 존상
2016.7. 승옥

배창호

영화감독 배창호는 1953년 태어났다. 연세대를 나왔고, 졸업 후 종합상사의 아프리카 주재원이 되어 대자연의 품속에서 영화에의 열망을 키웠다. 한국 영화의 부흥기를 이끈 이장호 감독의 작품에서 조감독 시절을 겪었고, 드디어 〈꼬방동네 사람들〉로 데뷔하면서 한국 영화의 기린아로 탄생했다. 이후 〈적도의 꽃〉, 〈고래사냥〉, 〈그해 겨울은 따뜻했네〉, 〈깊고 푸른 밤〉으로 이어지는 연이은 흥행은 그에게 '한국의 스필버그'라는 이름을 붙여주었다. 과거 한국영화에선 접하기 힘들었던 탄탄한 스토리텔링과 속도감은 '배창호'라는 이름을 최고의 흥행사 자리에 올려놓았다.

서영은 초상화   승옥 2016. 9.

서영은

서영은은 강원도 강릉에서 태어났다. 1968년 《사상계》에 「교橋」로 입선하고, 1969년 《월간문학》에 「나와 '나'」가 당선되어 문단에 데뷔했다. 1983년 「먼 그대」로 이상문학상, 1990년에 「사다리가 놓인 창」으로 연암문학상을 받았다. 《한국문학》《문학사상》편집장을 지냈고 한신대 사회교육대학원, 추계예술대에 출강했다. 40대 때부터는 많은 시간을 여행을 하면서 보냈다. 지금까지 50개국 165개 도시를 찾아다녔고, 2008년에 산티아고 가는 길을 40일간 걸었다.

소설집 『사막을 건너는 법』, 『타인의 우물』, 『시인과 촌장』, 『사다리가 놓인 창』, 『먼 그대』와 장편소설 『꿈길에서 꿈길로』, 『시간의 얼굴』, 『그리운 것은 문이 되어』, 산문집 『내 마음의 빈 들에서』, 『안쪽으로의 여행』, 『내 사랑이 너를 붙잡지 못해도』, 『노란 화살표 방향으로 걸었다』, 『돈키호테, 부딪혔다, 날았다』 등을 썼다.

고통이여, 어서 나를 찔러라. 너의 무자비한 칼날이 나를 갈갈이 찢어도 나는 산다. 다리로 설 수 없으면 몸통이라도, 몸통이 없으면 모가지만으로라도, 지금보다 더한 고통 속에 나를 세워놓더라도 나는 결코 항복하지 않을 테다.

그가 나에게 준 고통을 나는 철저히 그를 사랑함으로써 복수할 테다. 나는 어디로 가지 않고 한자리에서 주어진 그대로를 가지고도 살 수 있다는 것을 보여줄 테야.

그래. 그에게 뿐만이 아니라 내게 이런 운명을 마련해놓고 내가 못 견디어 신음하면 자비를 베풀려고 기다리고 있는 신에게도 나는 멋지게 복수할 거야.

악한 사람들은 자신의 삶을 보드라운 소파와 양탄자와 금칠을 한 벽난로와 비싼 그림과 쾌적한 침대 위에 세울 것이다. 그런 뒤엔 그 물질로 해서 알게 된 쾌적한 맛에 길들여져 그들은 이내 물질의 노예가 될 것이다. 그들의 갈망은 끝없이 쓰다듬는 손길에 의해서 잠을 잘 잔 말의 갈기와 같을 것이다. 하지만 내 정신의 갈기는 만족을 모른 채 항시 세찬 바람에 펄럭이기를 갈망한다.

—「먼 그대」 중에서

서정춘초상화

송옥

2016. 9.

서정춘

시인 서정춘은 1941년 전남 순천에서 태어났다. 1968년 신아일보 신춘문예에 당선되어 등단했으며 시집 『죽편』, 『봄, 파르티잔』, 『귀』 등을 펴냈다. 박용래 문학상, 순천문학상 등을 수상했다.

윤흥길 소설가 초상

2016. 7. 능우 [印]

윤후명

본명은 윤상규尹常奎이다. 1946년 1월 17일 강원도 강릉에서 태어난 작가는 시와 소설을 아우르는 재능을 보여주고 있다. 폐허의 감수성을 바탕으로 자기 파멸의 불안과 고독의 심연에서 사랑을 통한 구원의 가능성을 방황하듯 모색하는 그의 작품은 독특한 자신만의 빛깔과 리듬을 지닌 것으로 평가되고 있다.

『둔황의 사랑』(1983), 『부활하는 새』(1985), 『모든 별들은 음악소리를 낸다』(1987), 『원숭이는 없다』(1989), 『여우 사냥』(1997), 『협궤열차』(1992), 『가장 멀리 있는 나』(2001), 『새의 말을 듣다』(2007) 등의 소설집과, 『명궁』(1977), 『홀로 가는 사람』(1986), 『홀로 등불을 상처 위에 켜다』(1992) 등의 시집, 『내 빛깔 내 소리로』(1987) 등의 산문집을 펴냈다.

녹원문학상, 소설문학작품상, 한국일보창작문학상, 현대문학상, 이상문학상, 이수문학상, 김동리문학상 등을 수상했다.

이근배초상화
능옥
2016. 9.

이근배

시인 이근배는 1940년 충남 당진에서 태어났다. 1960년 서라벌예대 문창과를 졸업하고 같은 해 첫 시집 『사랑을 연주하는 꽃나무』를 출간했으며, 이듬해 경향신문, 서울신문, 조선일보에 동시 당선되는 기염을 토했다. 1962년에도 동아일보 신춘문예에 당선되었으며 1964년 한국일보 신춘문예까지 석권하면서 신춘문예 5관왕이라는 전무후무한 기록을 남겼다.

이만재

우리나라에 '카피라이터'라는 명칭을 정착시킨 장본인이다. 우리 국민이면 누구나 다 아는 '손이 가요 손이 가, ○○○에 손이 가요~~'를 비롯, 수많은 광고가 그의 손에서 태어났다.

그러나 그가 정작 꼽는 자신의 대표작으로는 한겨레신문의 창간 광고다. "그 어렵던 시절에 아빠는 무얼 하였나, 뒷날 우리의 자식들이 묻습니다." 라는 헤드카피로 시작된 이 광고 덕분에, 암울했던 한 시대의 등불이 활활 타오를 수 있게 된 까닭이다.

서울카피라이터즈클럽(SCC) 회장을 역임하고, 대한민국광고대상 심사위원, 한국방송광고대상 심사위원, 한국방송광고공사 공익광고 심의위원도 역임했다. 조선일보, 한겨레, 경향신문, 국민일보 광고대상 심사위원. 전매청, 중앙선거관리위원회 홍보자문위원도 역임했다.

『실전카피론1, 2』, 『카피라이터입문』, 『카피라이터의 술잔』, 『인간으로 오신 예수』 등의 저서가 있다.

이린·의
목사님
강인숙 교수
이어령
2016. 7.

이어령 선생 가족

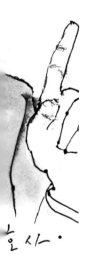

이 시대 지성을 대표하는 석학碩學 이어령은 평론가에서 언론인, 교수, 그리고 문화부 장관에 이르기까지 다양한 영역에서 종횡무진 활약해오고 있다. 1941년 충남 아산에서 태어난 그는 부인 강인숙 교수와의 사이에 이민아라는 영민한 딸을 두었으나 이민아 목사는 먼저 세상을 떠났다. 월간《문학사상》을 창간, 우리 문학계의 큰 발전을 이루는 계기를 만들었다.

이채형 소설가
승옥
2015.
4. 15.

이채형

소설가 이채형은 1946년 경주에서 출생했다. 1969년 서라벌예술대학 문예창작과를 수료하고 1984년《소설문학》에 「겨울 우화」로 등단했다. 소설집 『동무』, 『사과나무 향기』, 전기소설 『아아 님은 가지 않았습니다』, 시집 『나비 문신을 한 사람』 등을 출간했다.

문득 오래 잊히지 않는 한 죽음이 떠올랐다. 마지막 숨을 모으는 임종의 순간에 둘러싼 가족들이 소리쳐 부르자 이미 숨이 진 듯 감았던 눈을 뜨며 그가 남긴 말은 한 마디였다. 시끄럽다. 그리고 끝이었다. 이승을 떠나면서 가족들이 부르는 소리마저 그리도 시끄러웠을까. 그럴 수도 있었으리라. 떠나는 넋의 외로움을 누가 알겠는가. 그 외로움 속에서는 남은 이의 애도마저 한갓 소음에 지나지 않았을지도 모른다. 죽음이란 그렇게 오직 홀로의 몫일 뿐이다.

-중편 「화두를 들다」 중에서

정성훈 논설가 초상
2016. 7.   송옥

정성환

소설가 정성환은 경북 영천에서 출생했다. 고려대를 졸업하고 1995년《동서문학》에서 단편 「알바트로스의 날개」로 등단했다. 「마지막 카피」, 「침묵의 소리」, 「어제의 시간」, 「강구기행」 등의 작품을 발표했다.

허영자춘삼 송옥
효와 2016. 9.

허영자

허영자는 1938년 8월 경남 함양에서 태어났다. 경기여고와 숙명여대 문리대 국문과, 동 대학원 국문과를 졸업했다.

1962년 《현대문학》에 박목월의 추천을 받아 「도정연가」, 「사모곡」, 「연가 3수」 등으로 등단했다. 여류시인 동인회인 《청미회》의 동인으로 「봄」, 「가을날」, 「백자」, 「친전」 등을 발표했다. 주요 시집으로 『가슴엔 듯 눈엔 듯』(1966), 『친전』(1971), 『어여쁨이야 어찌 꽃뿐이랴』, 『그 어둠과 빛의 사랑』 등이 있고 수필집으로 『내가 너의 이름을 부르면』 등이 있다. 『친전』으로 한국시인협회상을 수상했으며, 1986년 월탄문학상, 1992년 편운문학상, 1998년 민족문학상 등을 수상했다.

두엄

꽃나무가 아름다운 것은
그 뿌리 밑에
두엄이 있기 때문입니다

어머니는 아이들의
두엄입니다

예수도
석가도
인류의 두엄입니다

두엄이 있어서
꽃나무는
저리 향그럽고

두엄이 있어서
아이들은
저리 어여쁘고

두엄이 있어서
인류는
멸망 대신 사랑을 배웁니다.

감

이 맑은 가을 햇살 속에선
누구도 어쩔 수 없다
그냥 나이 먹고 철이 들 수밖에는

젊은 날
떫고 비리던 내 피도
저 붉은 단감으로 익을 수밖에는……

허영만 초상화   송옥 2016.9.

허형만

시인 허형만은 1945년 10월 전남 순천에서 태어났다. 중앙대 국문과를 졸업하고 성신여대 대학원에서 문학박사 학위를 받았다. 1973년《월간문학》을 통해 등단했으며 시집으로 『청명』, 『풀잎이 하나님에게』, 『모기장을 걷는다』, 『입맞추기』, 『이 어둠 속에 쭈그려 앉아』, 『공초』, 『진달래 산천』, 『풀무지는 무기가 없다』 등과 시선집 『새벽』, 평론집 『시와 역사 인식』, 『영랑 김윤식 연구』 등이 있다. 전라남도 문화상, 월간문학 동리상, 우리문학작품상, 편운문학상, 한국시인협회상 등을 수상했다.

녹을 닦으며
- 공초14

새로이 이사를 와서

형편없이 더럽게 슬어 있는

흑갈빛 대문의 녹을 닦으며

내 지나온 생애에는

얼마나 지독한 녹이 슬어 있을지

부끄럽고 죄스러워 손이 아린 줄 몰랐다

나는, 대문의 녹을 닦으며

내 깊고 어두운 생명 저편을 보았다

비늘처럼 총총히 돋혀 있는

회한의 슬픈 역사 그것은 바다 위에서

혼신의 힘으로 일어서는 빗방울

그리 살아온

마흔세 해 수많은 불면의 촉수가

노을 앞에서 바람 앞에서

철없이 울먹었던 뽀오얀 사랑까지

바로 내 영혼 깊숙이

칙칙하게 녹이 되어 슬어 있음을 보고

손가락이 부르트도록

온몸으로 온몸으로 문지르고 있었다

황동규 초상화   능우 2016.P.

황동규

시인 황동규는 1938년 평안남도 숙천에서 소설가 황순원의 아들로 태어났다. 1946년 월남하여 서울중고등학교, 서울대 영문과와 동대학원을 졸업했다. 영국 에딘버러 대학교에서 영문학 박사학위를 받았다. 1975년 서울대 인문대학 조교수를 시작으로 후학을 가르치다 은퇴했다.

1958년 서정주의 추천으로 《현대문학》에 「10월」, 「동백남」, 「즐거운 편지」로 등단했다. 1961년 첫 시집 『어떤 개인 날』, 1965년 두 번째 시집 『비가』를 출간했다. 1968년 마종기, 김영태와 함께 3인 시집 『평균율 1』을 출간했다. 《사계》의 동인으로도 활동했다.

한국문학상, 연암문학상, 이산문학상, 호암상 등을 수상했으며 1998년 회갑을 맞아 『황동규 시 선집』을 출간했다.

즐거운 편지

1

내 그대를 생각함은 항상 그대가 앉아
있는 배경에서 해가 지고 바람이 부는
일처럼 사소한 일일 것이나 언젠가
그대가 한없이 괴로움 속을 헤매일
때에 오랫동안 전해 오던 그 사소함으로
그대를 불러 보리라.

2

진실로 진실로 내가 사랑하는 까닭은
내 나의 사랑을 한없이 잇닿은 그
기다림으로 바꾸어 버린 데 있었다.
밤이 들면서 골짜기엔 눈이 퍼붓기
시작했다. 내 사랑도 어디쯤에선
반드시 그칠 것을 믿는다. 다만 그때
내 기다림의 자세를 생각하는 것뿐이다.
그동안에 눈이 그치고 꽃이 피어나고
낙엽이 떨어지고 또 눈이 퍼붓고 할
 것을 믿는다.

소설가 황순원 선생님께
1982. 5..

황순원

소설가 황순원은 1915년 3월 26일 평안남도 대동에서 태어났다. 1930년
부터 동요와 시를 신문에 발표하기 시작하였으며, 이듬해 시「나의 꿈」을
《동광》에 발표하며 등단했다. 1934년 숭실중학교를 졸업한 뒤 일본 도쿄
와세다 제2고등학원에 입학했다. 도쿄에서 시집『방가放歌』를 출간했다.
1936년 조선총독부의 검열을 피하려고 도쿄에서 이 시집을 간행했다는
혐의를 받고 평양경찰서에 구류당했다.

1939년 와세다 대학을 졸업했으며, 졸업 후, 서울로 돌아와 서울중·고등
학교 교사로 재직했다. 첫 단편집『늪』(1940),『별』(1941),『그늘』(1942) 등
의 환상적이며 심리적인 경향이 짙은 단편을 발표했다. 그러나 이 시기에
일제의 탄압이 심해지자, 고향인 평안남도 대동으로 돌아와 작품 활동에
더욱 치중했다. 해방 뒤인 1946년 고향을 떠나 월남했으며, 이후 현실 문
제에 대한 시각을 담은 소설들인『술』(1947),『목넘이 마을의 개』(1948),
장편『별과 같이 살다』(1947) 등을 집필했다.

1957년 예술원 회원이 되었고, 1980년부터『황순원 전집』(문학과지성사)이
간행되었다. 아시아자유문학상, 예술원상, 3·1문학상, 대한민국 문학상
등을 수상했다. 2000년 9월 14일 84세를 일기로 사망했다.

© 함성주

김승옥

1941년 일본 오사카에서 태어났다. 1945년 귀국하여 전남 순천에 거주하였고, 부친이 여순반란사건 직후 사망하며 어머니와 남동생들과 함께 성장했다. 1952년 월간 『소년세계』에 동시를 투고하여 게재된 것이 계기가 되어 이후 동시, 콩트 등 창작에 몰두하였다. 가정형편이 어려웠던 그는 한국일보사가 발행한 서울경제신문에 연재 만화를 그리며 학비를 조달했다.

1962년 한국일보 신춘문예에 단편소설 「생명연습」이 당선되어 문단에 데뷔, 1965년 졸업을 전후로 대표작인 「무진기행」과 「서울 1964년 겨울」을 발표하였으며, 「서울 1964년 겨울」로 동인문학상을 수상했다. 이후 「서울 달빛 0장」으로 제1회 이상문학상을 수상했다. 1980년 동아일보에 장편소설 『먼지의 방』 연재를 시작했으나 광주민주화 운동과 그에 대한 군부대의 진압 사실을 알고 연재를 자진 중단하며 절필을 선언했다. 이후 1999년 세종대학교 국어국문학과 교수로 재직하던 중, 2003년 갑작스러운 뇌졸중으로 '말'과 '글'을 잃어버렸다. 작가에게 절대적이라 할 수 있는 언어능력을 상실했으나 꾸준한 재활치료를 통해 일상적인 거동을 할 수 있게 됐다. 하지만 기본적인 의사소통은 단어 위주의 필담으로 할 수밖에 없다.

암흑과도 같은 뇌졸중 투병 생활 속에서 그를 일으켜 세운 것은 그림이었다. 시사만화가로서 활동할 정도로 그림에 소질이 있었던 그는 투병 중에 수채화를 그리면서 풍경을 담아냈다. 서울을 비롯해 전라도와 경상도 등지를 다니며 인상 깊은 풍경을 그렸고, 2010년 순천문학관에 김승옥관이 개관하면서부터 일주일에 이삼일은 그곳에 머물면서 순천의 풍경을 그렸다. 말 대신 그림으로서 세상을 말하는 김승옥 작가. 이번 화집을 통해 그가 보고 듣고 느끼는 것을 독자들에게 들려주고자 한다.

그림으로 떠나는 무진기행

소설가 김승옥의 첫 번째 화집

1판 1쇄 인쇄 2017년 2월 27일
1판 1쇄 발행 2017년 3월 6일

지은이 김승옥
펴낸이 김영곤
펴낸곳 아르테

문학사업본부 이사 신우섭
문학사업본부 본부장 원미선
책임편집 이승희
문학기획팀 신주식 김지영
문학마케팅팀 정유선 임동렬 김별
문학영업팀 권장규 오서영
프로모션팀 김한성 최성환 김주희 김선영 정지은
홍보팀장 이혜연 **제작팀장** 이영민

출판등록 2000년 5월 6일 제406-2003-061호
주소 (우 10881) 경기도 파주시 회동길 201(문발동)
대표전화 031-955-2100 **팩스** 031-955-2177

ISBN 978-89-509-6925-7 03810
아르테는 (주)북이십일의 문학브랜드입니다.

(주)북이십일 경계를 허무는 콘텐츠 리더
아르테 채널에서 도서 정보와 다양한 영상자료, 이벤트를 만나세요!
가수 요조, 김관 기자가 진행하는 팟캐스트 [북팟21] 이게 뭐라고'
페이스북 facebook.com/100word   블로그 arte.kro.kr
인스타그램 instagram.com/21_arte   홈페이지 arte.book21.com